Las aventuras de Pablo

BILINGUAL SHORT STORIES

in SPANISH

FOR BEGINNERS

A2

Spanish-English

Dual Language

Alexander Iglesias

¡Hola! Welcome to 'Las Aventuras de Pablo: Bilingual Short Stories in Spanish for Beginners.' In this captivating collection, we embark on a journey through the life of Pablo, following his adventures and meeting his friends. As you immerse yourself in these tales, you'll not only discover his life but also enhance your Spanish language skills. Each short story is carefully crafted to provide an enjoyable and accessible reading experience for beginners, allowing you to build your vocabulary and comprehension. Below each paragraph you'll find the English translation, so you'll always feel safe along the way. You will also find creative writing activities so you can practice your Spanish writing skills and have fun. Now get ready and start discovering Pablo's life!

Pablo y su familia

Pablo and his family

Pablo tiene dieciséis años. Él es estudiante y va a la escuela. Vive con su mamá y su papá. Pablo no tiene hermanos, es hijo único.

Pablo is sixteen years old. He is a student and goes to school. He lives with his mother and father. Pablo has no siblings, he is an only child.

El papá de Pablo tiene un coche azul y bonito, pero está sucio. No tiene tiempo para limpiarlo, siempre está ocupado. Él es abogado y tiene mucho trabajo, pasa mucho tiempo fuera de casa.

Pablo's dad has a nice blue car, but it's dirty. He doesn't have time to clean it, he's always busy. He is a lawyer and has a lot of work, he spends a lot of time away from home.

La mamá de Pablo es periodista y también trabaja mucho. Viaja mucho por motivos de trabajo. A pesar de estar muy ocupados, el papá y la mamá de Pablo siempre encuentran tiempo para estar con él y apoyarlo en todo.

Pablo's mother is a journalist and also works a lot. She travels a lot for work. Even though they are very busy, Pablo's mom and dad always find time to be with him and support him in everything.

La familia de Pablo es muy unida. Los fines de semana salen al parque o a la playa y se divierten mucho.
Pablo's family is very close. On weekends they go out to the park or the beach and have a lot of fun.

A Pablo le gustan mucho los animales. Tiene un perro y un gato. El perro se llama Lucas y el gato se llama Zafiro. Pablo pasa mucho tiempo con ellos.
Pablo is very fond of animals. He has a dog and a cat. The dog's name is Lucas and the cat's name is Zafiro. Pablo spends a lot of time with them.

El gato de Pablo es blanco y tiene los ojos azules. El perro de Pablo es negro y tiene los ojos verdes. El gato de Pablo está en la habitación, encima de la cama.
Pablo's cat is white and has blue eyes. Pablo's dog is black and has green eyes. Pablo's cat is in the room, on top of the bed.

El perro de Pablo está en la habitación también, debajo de la cama. Lucas y Zafiro son buenos amigos, juegan juntos. Pablo quiere mucho a Lucas y a Zafiro.
Pablo's dog is in the room too, under the bed. Lucas and Zafiro are good friends, they play together. Pablo loves Lucas and Zafiro very much.

¿Cómo es tu mascota? *What is your pet like?*
Pablo tiene dos mascotas, Lucas el perro y Zafiro el gato. Y tú ¿tienes mascotas? Escribe una descripción de tu mascota o de la mascota de un amigo o familiar. *Pablo has two pets, Lucas the dog and Zafiro the cat. Do you have any pets? Write a description of your pet or the pet of a friend or relative.*

____

____

____

____

____

____

____

____

____

El diario de Pablo

Pablo's diary

Pablo tiene un diario, él escribe en el diario todos los días. Lee el diario de Pablo:

Pablo has a diary, he writes in the diary every day. Read Pablo's diary:

Querido diario,
Hoy quiero contarte sobre mi rutina diaria. Por las mañanas, me despierto temprano a las 6:30 a.m. Me visto y desayuno con mi mamá antes de ir a la escuela.

Dear Diary,
Today I want to tell you about my daily routine. In the mornings, I wake up early at 6:30 a.m. I get dressed and have breakfast with my mom before going to school.

Tomo el autobús escolar a las 7:30 a.m. y llego a la escuela a las 8:00 a.m. Durante la mañana, asisto a diferentes clases como matemáticas, ciencias y lengua.

I take the school bus at 7:30 a.m. and arrive at the school at 8:00 a.m. I have to be at school by 8:00 a.m. During the morning, I attend different classes such as math, science and language.

A las 12:00 p.m., tenemos un descanso para almorzar en la cafetería. Después del almuerzo, vuelvo a las clases hasta las 3:00 p.m.

At 12:00 p.m., we have a lunch break in the cafeteria. After lunch, I return to class until 3:00 p.m.

Al salir de la escuela, camino a casa con mis amigos y llego alrededor de las 3:30 p.m. En casa, hago mis tareas escolares y estudio para los exámenes.

When I get out of school, I walk home with my friends and arrive around 3:30 pm. At home, I do my homework and study for exams.

No me gustan las tareas de matemáticas, me aburren mucho, pero disfruto mucho las tareas de historia. Siempre estudio mucho para los exámenes de historia y casi siempre tengo las mejores calificaciones.

I don't like math homework, it bores me a lot, but I really enjoy history homework. I always study hard for history exams and almost always have the best grades.

A veces, juego videojuegos durante un rato o leo un libro. A las 6:30 p.m., cenamos juntos como familia y compartimos nuestras experiencias del día.
Sometimes, I play video games for a while or read a book. At 6:30 p.m., we have dinner together as a family and share our experiences of the day.

Después de la cena, paso tiempo con mis mascotas, Lucas y Zafiro. Jugamos juntos y los cuido. Antes de acostarme, a las 10:00 p.m., me cepillo los dientes, me pongo el pijama y leo un libro en la cama durante un rato.
After dinner, I spend time with my pets, Lucas and Zafiro. We play together and I take care of them. Before going to bed at 10:00 p.m., I brush my teeth, put on my pajamas and read a book in bed for a while.

Finalmente, cierro los ojos y me duermo para descansar.
Finally, I close my eyes and fall asleep to rest.

Escribe tu diario *Write your diary*

Escribe cómo es tu rutina diaria en un día típico desde que te despiertas hasta que vas a la cama. ¡No olvides nada! *Write down what your daily routine is like on a typical day from the time you wake up until you go to bed. Don't forget anything!*

Pablo y Miguel

Pablo and Miguel

Pablo tiene muchos amigos. Hoy es sábado y está en la heladería. Sus amigos también vienen a la heladería porque les gusta mucho el helado.

Pablo has many friends. Today is Saturday and he is at the ice cream shop. His friends also come to the ice cream shop because they like ice cream very much.

A Pablo le encanta el helado de chocolate y de frutilla. Él y sus amigos disfrutan comiendo helado y van a la heladería todos los fines de semana.

Pablo loves chocolate and strawberry ice cream. He and his friends enjoy eating ice cream and go to the ice cream parlor every weekend.

Uno de los amigos que está en la heladería es Miguel, él es el mejor amigo de Pablo. Miguel tiene el cabello negro y los ojos marrones. Él es muy inteligente y estudioso, el mejor estudiante de la clase.

One of the friends at the ice cream shop is Miguel, Pablo's best friend. Miguel has black hair and brown eyes. He is very intelligent and studious, the best student in the class.

Ahora Pablo habla con Miguel:
Now Pablo talks to Miguel:

Pablo: Mmm, este helado de chocolate está delicioso. ¿Te gusta el helado de chocolate?
Miguel: Sí, Pablo, es exquisito. Aunque mi favorito es el de vainilla. Me encanta su sabor suave y cremoso.
Pablo: Mmm, this chocolate ice cream is delicious. Do you like chocolate ice cream, Miguel?
Miguel: Yes, Pablo, it's exquisite. Although my favorite is the vanilla. I love its smooth and creamy flavor.

Pablo: ¡Sí, lo sé, Miguel! Pero cada uno tiene sus preferencias. ¿Qué te parece si después de esto vamos a la librería?
Miguel: ¡Me parece genial! Me encanta explorar nuevos libros y descubrir historias emocionantes.

Pablo: Yes, I know, Miguel, but everyone has their own preferences. What do you say we go to the bookstore after this?
Miguel: I think it's great! I love exploring new books and discovering exciting stories.

Después de disfrutar su helado, Pablo y Miguel van a una librería. Es un lugar grande con muchos libros. Ellos buscan un libro divertido, ya que les encanta leer.
After enjoying their ice cream, Pablo and Miguel go to a bookstore. It is a big place with lots of books. They are looking for a fun book, as they love to read.

A Miguel le gustan los libros de ciencia ficción y a Pablo le gustan los libros de historia. Miguel compra un libro, mientras que Pablo no puede comprar ninguno porque no tiene dinero hoy.
Miguel likes science fiction books and Pablo likes history books. Miguel buys a book, while Pablo can't buy any because he doesn't have any money today.

El diario de Miguel

Miguel's Diary

¡Miguel también tiene un diario! Él escribe en el diario todos los días. Lee su diario:

Miguel also has a diary! He writes in the diary every day. Read his diary:

Querido diario,
Hoy pasamos un día genial con Pablo en la heladería y la librería. Nos encanta comer helado, Pablo prefiere el de chocolate y yo soy más fanático del helado de vainilla.

Dear Diary,
Today we spent a great day with Pablo at the ice cream shop and the bookstore. We love to eat ice cream, Pablo prefers chocolate and I am more of a fan of vanilla ice cream.

Después de terminar nuestros helados, decidimos visitar la librería. Es enorme y tiene una gran selección de libros.

After finishing our ice cream, we decided to visit the bookstore. It is huge and has a great selection of books.

A mí me fascina la ciencia ficción, me encanta sumergirme en historias futuristas y explorar nuevos mundos en mi imaginación.
I am fascinated by science fiction, I love to dive into futuristic stories and explore new worlds in my imagination.

A Pablo, en cambio, le interesa la historia. Pablo es mi mejor amigo. Siempre estamos descubriendo cosas nuevas y compartiendo nuestras experiencias.
Pablo, on the other hand, is interested in history. Pablo is my best friend. We are always discovering new things and sharing our experiences.

Aprendemos mucho el uno del otro y nos apoyamos en nuestras preferencias y gustos. Hasta mañana, querido diario.
We learn a lot from each other and support each other in our preferences and tastes.
See you tomorrow, dear diary.

En la casa de Miguel

Ahora van a la casa de Miguel. Miguel tiene dieciséis años, la misma edad que Pablo. Él vive con su mamá, su papá y dos hermanas.
Now they go to Miguel's house. Miguel is sixteen years old, the same age as Pablo. He lives with his mom, dad and two sisters.

La hermana mayor se llama Flora y tiene veinte años. Estudia en la universidad y es muy bonita y simpática. La hermana menor se llama Sofía y tiene catorce años. Ella es muy tímida y no habla mucho.
The older sister's name is Flora and she is twenty years old. She studies at the university and is very pretty and nice. The younger sister's name is Sofia and she is fourteen years old. She is very shy and doesn't talk much.

La habitación de Miguel es pequeña pero tiene una ventana muy grande con una hermosa vista al jardín. Las paredes son de color verde, ya que es el color favorito de Miguel.

Miguel's room is small but has a very large window with a beautiful view of the garden. The walls are green, as it is Miguel's favorite color.

En la habitación hay una cama, una mesa, una silla y un estante con libros. Miguel tiene muchos libros, algunos en el estante y otros sobre la mesa.

In the room there is a bed, a table, a chair and a shelf with books. Miguel has many books, some on the shelf and some on the table.

También tiene cuadernos y lápices en la mesa, incluyendo lápices de varios colores. Además, tiene un ordenador.

He also has notebooks and pencils on the table, including pencils of various colors. In addition, he has a computer.

Pablo: Miguel, tu habitación es muy acogedora. Me encanta el color verde de las paredes y cómo tienes organizados los libros. Es un lugar muy relajante.

Pablo: Miguel, your room is very cozy. I love the green color of the walls and how you have your books organized. It is a very relaxing place.

Miguel: Gracias, Pablo. Me gusta tener un ambiente tranquilo para leer mis libros. Además, me ayuda tener todo ordenado para estudiar y hacer mis tareas más fácilmente.

Miguel: Thank you, Pablo. I like to have a quiet environment to read my books. Also, it helps me to have everything in order to study and do my homework more easily.

Pablo: Me siento muy cómodo aquí. Y el ordenador en tu escritorio ¿para qué lo usas?
Miguel: Lo uso para jugar videojuegos y también me gusta escribir historias de ciencia ficción de vez en cuando.

Pablo: I feel very comfortable here. And the computer on your desk, what do you use it for?
Miguel: I use it to play video games and I also like to write science fiction stories from time to time.

Pablo: ¡Eso suena genial! Me encantaría leer tus historias algún día.
Miguel: ¡Claro! Otro día podemos leer una de mis historias, pero hoy quiero jugar.

Pablo: That sounds great! I'd love to read your stories someday.

Miguel: Sure! Another day we can read one of my stories, but today I want to play.

Pablo: ¿Qué quieres jugar?
Miguel: Un videojuego nuevo muy interesante. Es un regalo de mi tío Juan. Ahora enciendo el ordenador.
Pablo: What do you want to play?
Miguel: A very interesting new video game. It is a gift from my uncle Juan. Now I turn on the computer.

Tu habitación *Your room*

Conocimos la habitación de Miguel, ahora tú describe tu habitación. *We got to know Miguel's room, now you describe your room.*

____

____

____

____

____

____

____

____

____

Pablo y Miguel juegan

Pablo and Miguel play

Pablo y Miguel están jugando un emocionante juego en el ordenador. Controlan a dos personajes que exploran un bosque mágico en busca de tesoros escondidos.

Pablo and Miguel are playing an exciting computer game. They control two characters who explore a magical forest in search of hidden treasures.

Mientras juegan, descubren un cofre rojo detrás de un árbol. ¡Es un tesoro! Dentro del cofre, encuentran un mapa antiguo que muestra la ubicación de otro tesoro aún más grande. Ambos se emocionan y deciden ir en su búsqueda.

While playing, they discover a red chest behind a tree - it's treasure! Inside the chest, they find an ancient map showing the location of another, even bigger treasure. They both get excited and decide to go in search of it.

Siguiendo el mapa, caminan por senderos rodeados de altos árboles y flores de múltiples colores. Finalmente, llegan a una cueva.

Following the map, they walk along paths surrounded by tall trees and multi-colored flowers. Finally, they reach a cave.

Al entrar, descubren rocas brillantes y antiguos huesos. Este es el lugar del tesoro, pero hay un imponente y poderoso dragón que lo protege.

Upon entering, they discover glowing rocks and ancient bones. This is the place of treasure, but there is an imposing and powerful dragon guarding it.

El dragón tiene ojos rojos y expulsa fuego de su boca. Aunque están asustados, se enfrentan valientemente al dragón en una difícil batalla y finalmente lo derrotan. El dragón escapa volando lejos.

The dragon has red eyes and spews fire from its mouth. Although frightened, they bravely face the dragon in a difficult battle and finally defeat it. The dragon escapes by flying away.

Pablo y Miguel encuentran un cofre brillante lleno de monedas de oro. Están llenos de alegría y felicidad.

Pablo and Miguel find a shiny chest full of gold coins. They are filled with joy and happiness.

El tiempo libre *Free time*

Pablo y Miguel juegan videojuegos en su tiempo libre. La gente tiene muchos pasatiempos distintos dependiendo de sus gustos. A ti ¿Qué te gusta hacer en tu tiempo libre? *Pablo and Miguel play video games in their free time. People have many different hobbies depending on their tastes. What do you like to do in your free time?*

____

____

____

____

____

____

____

____

____

El diario del dragón

The dragon's diary

Pablo y Miguel se dan cuenta de que hay otro cofre, un cofre de madera. Con curiosidad, lo abren y descubren un cuaderno en su interior. Deciden abrir el cuaderno y leerlo...

Pablo and Miguel notice another chest, a wooden chest. Curious, they open it and discover a notebook inside. They decide to open the notebook and read it...

¡Es el diario del dragón! Ambos están impresionados y piensan que es fascinante tener la oportunidad de leer acerca de la vida privada de un dragón.

It's the dragon's diary! They are both impressed and think it is fascinating to have the opportunity to read about the private life of a dragon.

El dragón describe lo que hace todos los días, lee el diario del dragón:

The dragon describes what he does every day, read the dragon's diary:

Querido diario,
Hoy quiero contarte sobre mi día como dragón en la cueva. Por la mañana, me despierto y estiro mis alas. Respiro fuego y caliento mi hogar. Recojo los huesos antiguos y los organizo.
Dear diary, Today I want to tell you about my day as a dragon in the cave. In the morning, I wake up and stretch my wings. I breathe fire and warm my hearth. I gather the ancient bones and organize them.

Después, vuelo por encima del bosque para vigilar todo. A veces, juego en el aire. Luego regreso a la cueva y leo libros de magia muy antiguos en distintos idiomas. Practico mis habilidades de lucha por la tarde.
Then I fly over the forest to keep an eye on everything. Sometimes, I play in the air. Then I go back to the cave and read very old magic books in different languages. I practice my fighting skills in the afternoon.

Después del atardecer protejo mi tesoro y descanso en mi montaña de monedas de oro.

Mañana será otro día emocionante en mi vida de dragón.

Hasta pronto,

El dragón

After sunset I protect my treasure and rest on my mountain of gold coins. Tomorrow will be another exciting day in my dragon life.

See you soon,

The dragon

¿Cómo es el dragón? *What does the dragon look like?*

Sabemos ya que el dragón tiene ojos rojos, pero esta es la única descripción de su apariencia. ¿Cómo imaginas al dragón? Descríbelo.

We already know that the dragon has red eyes, but this is the only description of its appearance. How do you imagine the dragon? Describe it.

____

____

____

____

____

____

____

____

Una sorpresa en la cocina

A surprise in the kitchen

Después de jugar por dos horas, Pablo y Miguel tienen hambre y sed. Ellos deciden hacer una pausa para comer. Van a la cocina y comen galletas de chocolate y beben jugo de naranja.

After playing for two hours, Pablo and Miguel are hungry and thirsty. They decide to take a lunch break. They go to the kitchen and eat chocolate chip cookies and drink orange juice.

Flora, la hermana de Miguel también está en la cocina y come con ellos. Hablan sobre la escuela y sus amigos. A Flora le gusta mucho ir a la universidad.

Miguel's sister Flora is also in the kitchen and eats with them. They talk about school and their friends. Flora likes going to college very much.

Ella dice que los profesores son muy exigentes y los exámenes son muy difíciles, pero es muy divertido aprender cosas nuevas.

She says the teachers are very demanding and the exams are very difficult, but it is a lot of fun to learn new things.

Ella es una buena estudiante y también es muy buena para los deportes. Ella juega volleyball y básquetball todas las semanas.
She is a good student and is also very good at sports. She plays volleyball and basketball every week.

Pablo: Flora, cuéntanos un poco sobre la universidad.
Flora: Bueno, la universidad es un gran desafío, pero me gusta mucho. Los profesores son exigentes y los exámenes son difíciles, pero aprender cosas nuevas es muy divertido. También me encanta participar en deportes. Juego volleyball y básquetball todas las semanas.
Pablo: Flora, tell us a little about college.
Flora: Well, college is a big challenge, but I like it a lot. The professors are demanding and the exams are difficult, but learning new things is a lot of fun. I also love participating in sports. I play volleyball and basketball every week.

Miguel: ¡Eso suena increíble, Flora! Eres muy talentosa. ¿Y qué tal te va en tus clases?
Flora: Gracias, Miguel. Soy una buena estudiante, me esfuerzo mucho. Pero también disfruto de hacer ejercicio y mantenerme activa. Es importante equilibrar el estudio y el deporte.

Miguel: That sounds amazing, Flora! You are very talented. And how are you doing in your classes?
Flora: Thank you, Miguel. I'm a good student, I try very hard. But I also enjoy exercising and staying active. It's important to balance study and sports.

Mientras comen y conversan, escuchan un ruido extraño dentro de un mueble de la cocina. Flora tiene mucho miedo, ella piensa que hay un ratón en la cocina. A ella no le gustan los ratones. Pero no hay un ratón. Pablo abre la puerta del mueble y encuentra un pequeño gato amarillo.

While they are eating and talking, they hear a strange noise inside a kitchen cabinet. Flora is very scared, she thinks there is a mouse in the kitchen. She doesn't like mice. But there is no mouse. Pablo opens the door of the cabinet and finds a small yellow cat.

Miguel: ¡Miren! No es un ratón, es un gato. Parece perdido y asustado.
Flora: Pobrecito. Debe tener hambre y sed. Vamos a darle algo de comer y beber.
Michael: Look! It's not a mouse, it's a cat. He looks lost and scared.
Flora: Poor thing. He must be hungry and thirsty. Let's give him something to eat and drink.

Pablo y Miguel le dan comida y agua al gato, que come y bebe con muchas ganas. Poco a poco el gato se siente mejor.
Pablo and Miguel give food and water to the cat, who eats and drinks eagerly. Little by little the cat feels better.

Flora decide adoptar al gato y lo llama Sol, porque es amarillo como el sol. Ahora la familia de Miguel tiene una nueva mascota y todos disfrutan de su compañía en la casa.
Flora decides to adopt the cat and names him Sol, because he is yellow like the sun. Now Miguel's family has a new pet and everyone enjoys his company in the house.

Un día en la playa

A day on the beach

Pablo y su familia deciden pasar un día en la playa. Hace sol y el cielo está despejado. Llevan toallas, protector solar y una nevera llena de comida. ¡Mucha comida!

Pablo and his family decide to spend a day at the beach. It's sunny and the sky is clear. They bring towels, sunscreen and a cooler full of food - lots of food!

Cuando llegan a la playa, Pablo corre hacia el agua y se sumerge. A Pablo le gusta mucho nadar. El agua está un poco fría, pero esto es muy refrescante porque hace calor.

When they get to the beach, Pablo runs into the water and dives in. Pablo likes swimming very much. The water is a bit cold, but this is very refreshing because it is hot.

La mamá de Pablo extiende la toalla en la arena y se sienta a descansar. El papá de Pablo saca una pelota y comienza a jugar con

Lucas, el perro. Pablo sale del agua y decide unirse al juego de papá y Lucas con la pelota.
Pablo's mom spreads her towel on the sand and sits down to rest. Pablo's dad takes out a ball and starts playing with Lucas, the dog. Pablo gets out of the water and decides to join dad and Lucas' game with the ball.

Después de jugar, deciden comer. Abren la nevera y sacan sándwiches y frutas. Hay manzanas, plátanos, sandía, piña y otras frutas. Todos se sientan en la toalla y disfrutan de su picnic en la playa.
After playing, they decide to eat. They open the fridge and take out sandwiches and fruits. There are apples, bananas, watermelon, pineapple and other fruits. They all sit on the towel and enjoy their picnic on the beach.

Después de comer, Pablo y su papá deciden construir un castillo de arena. Usan palas y cubos para hacer torres y muros. Es divertido trabajar juntos.
After lunch, Pablo and his dad decide to build a sand castle. They use shovels and buckets to make towers and walls. It's fun to work together.

Mientras tanto, la mamá de Pablo se relaja bajo una sombrilla y lee un libro. Disfruta del sonido de las olas y la brisa marina.
Meanwhile, Pablo's mom relaxes under an umbrella and reads a book. She enjoys the sound of the waves and the sea breeze.

Después de terminar el castillo, Pablo y su papá se acercan al agua otra vez. Esta vez llevan una tabla de surf. Quieren intentar surfear las olas.
After finishing the castle, Pablo and his dad approach the water again. This time they are carrying a surfboard. They want to try to surf the waves.

Pablo sube a la tabla y rema hacia el mar. Espera pacientemente una buena ola y, cuando llega, se pone de pie y surfea. Se siente emocionado y lleno de energía.
Pablo gets on the board and paddles out to sea. He waits patiently for a good wave and, when it comes, he stands up and surfs. He feels excited and full of energy.

El día pasa rápidamente y el sol comienza a ponerse. Es hora de irse. Pablo se despide de la playa con una sonrisa en su rostro. En el camino de regreso a casa, se siente cansado pero muy feliz.

The day passes quickly and the sun begins to set. It is time to leave. Pablo says goodbye to the beach with a smile on his face. On the way back home, he feels tired but very happy.

Las vacaciones *Vacations*

La familia de Pablo disfruta la playa. A ti ¿te gusta la playa o prefieres el bosque o la montaña? ¿Dónde prefieres ir de vacaciones y por qué? *Pablo's family enjoys the beach. Do you like the beach or do you prefer the forest or the mountains? Where do you prefer to go on vacation and why?*

____

____

____

____

____

____

____

Una excursión al zoológico

A trip to the zoo

Pablo y su clase van de excursión al zoológico. Están emocionados por ver animales de todo el mundo.

Pablo and his class are going on a field trip to the zoo. They are excited to see animals from all over the world.

Cuando llegan, se dividen en grupos y reciben mapas del zoológico. Pablo está en el grupo de su mejor amigo, Miguel.

When they arrive, they are divided into groups and given maps of the zoo. Pablo is in the group of his best friend, Miguel.

El primer animal que ven es un elefante. Es grande y tiene una trompa larga. A todos les gusta ver cómo el elefante se baña con su trompa.

The first animal they see is an elephant. It is big and has a long trunk. Everyone likes to watch the elephant bathe with its trunk.

Luego van a ver los monos. Los monos saltan de rama en rama y se columpian. Los monos comen plátanos. Hacen payasadas y hacen reír a todos.

Then they go to see the monkeys. The monkeys jump from branch to branch and swing. The monkeys eat bananas. They clown around and make everyone laugh.

Después, se dirigen a la sección de los leones. Hay cinco leones, todos muy bellos. Los leones son fuertes y majestuosos. Están tumbados al sol, descansando.

Then they go to the lion section. There are five lions, all very beautiful. The lions are strong and majestic. They are lying in the sun, resting.

Continúan su recorrido y llegan al área de los pingüinos. Los pingüinos caminan torpemente y hacen ruidos graciosos. Pablo y Miguel se ríen mucho al verlos.

They continue their tour and arrive at the penguin area. The penguins walk awkwardly and make funny noises. Pablo and Miguel laugh a lot when they see them.

Finalmente, llegan al acuario. Hay peces de colores nadando en grandes tanques de agua. Pablo se maravilla al ver las diferentes especies marinas.
Finally, they arrive at the aquarium. There are colorful fish swimming in large tanks of water. Pablo marvels at the sight of the different marine species.

Después de recorrer el zoológico, se sientan en un área de picnic para almorzar. Cada uno abre su lonchera y comparte comida con sus amigos.
After touring the zoo, they sit in a picnic area for lunch. Everyone opens their lunch box and shares food with their friends.

Mientras comen, Pablo y Miguel hablan sobre la visita al zoológico:
Miguel: ¡Wow, ese elefante es impresionante! Me encanta ver cómo se baña con su trompa.

¿Sabes que los elefantes son mis animales favoritos?

While eating, Pablo and Miguel talk about the visit to the zoo:

Miguel: Wow, that elephant is awesome! I love to see how he bathes with his trunk. You know that elephants are my favorite animals?

Pablo: Sí, lo recuerdo. Te gustan mucho los elefantes. Son animales muy interesante. Pero a mí me encantan los monos, ¡son tan divertidos! Saltan de rama en rama y se columpian, son tan parecidos a los seres humanos.

Pablo: Yes, I remember. You like elephants very much. They are very interesting animals. But I love monkeys, they are so funny! They jump from branch to branch and swing, they are so similar to human beings.

Miguel: ¡Es cierto! Los monos son muy parecidos a los seres humanos. Los leones también me encantan. Me dan un poco de miedo, pero son tan fuertes. Me gustaría ser tan fuerte como un león.

Michael: It's true! Monkeys are very similar to human beings. I love lions too. They scare me a little bit, but they are so strong. I would like to be as strong as a lion.

Pablo: Sí, los leones son realmente impresionantes. Pero los pingüinos también son fantásticos. Me río mucho al verlos.
Pablo: Yes, the lions are really impressive. But the penguins are also fantastic. I laugh a lot when I see them.

Miguel: ¡Ja, ja, ja! Los pingüinos siempre son adorables y hacen reír a todos. Pero mi parte favorita es el acuario. Hay tantos peces, rojos, amarillos, azules... Hay peces de todos los colores.
Miguel: Ha ha ha! The penguins are always adorable and make everyone laugh. But my favorite part is the aquarium. There are so many fish, red, yellow, blue... There are fish of all colors.

Pablo: Sí, los peces son hermosos. ¿Cuál es tu animal favorito en general, Miguel?
Miguel: ¡Es difícil elegir! Pero creo que me quedo con los elefantes. Su tamaño y su

inteligencia me fascinan. Y tú, ¿cuál es tu animal favorito?

Pablo: Yes, fish are beautiful. What is your favorite animal in general, Miguel?

Miguel: It's hard to choose! But I think I'll go with elephants. Their size and intelligence fascinate me. And you, what is your favorite animal?

Pablo: Bueno, es difícil elegir uno porque me gustan todos, pero creo que los monos son los que más disfruto. Sus travesuras y su agilidad me sorprenden. Pero en general, todos los animales son increíbles.

Pablo: Well, it's hard to choose one because I like them all, but I think the monkeys are the ones I enjoy the most. Their mischief and agility amaze me. But in general, all animals are amazing.

Después del almuerzo, se toman una foto para recordar el día. Están felices y se sienten agradecidos por la oportunidad de ver tantos animales increíbles.

After lunch, they take a picture to remember the day. They are happy and grateful for the opportunity to see so many amazing animals.

El cumpleaños de Pablo

Pablo's birthday

Hoy es el cumpleaños de Pablo y él está muy emocionado. ¡Ahora tiene diecisiete años! Por la mañana, la mamá de Pablo le prepara un desayuno especial.

Today is Pablo's birthday and he is very excited - he is now seventeen! In the morning, Pablo's mom prepares a special breakfast for him.

Hay pan tostado, huevos revueltos, jugo de naranja y un dulce. Pablo está feliz y agradece a su mamá por el delicioso desayuno. Esta tarde, su familia y amigos se reunirán en su casa para celebrar.

There is toast, scrambled eggs, orange juice and a sweet. Pablo is happy and thanks his mom for the delicious breakfast. This afternoon, his family and friends will gather at his house to celebrate.

Llega la tarde y los invitados empiezan a llegar. La tía Marcela, el tío Juan, el abuelo y la abuela, y también su amigo Miguel y su hermana Flora.

The afternoon arrives and the guests begin to arrive. Aunt Marcela, Uncle Juan, grandfather and grandmother, as well as their friend Miguel and his sister Flora.

Pablo les da la bienvenida a todos y les agradece por venir. La mamá de Pablo trae un pastel de chocolate. El pastel tiene diecisiete velas encima. Todos cantan "Feliz cumpleaños" mientras Pablo apaga las velas de un solo soplo.

Pablo welcomes everyone and thanks them for coming. Pablo's mom brings a chocolate cake. The cake has seventeen candles on top. Everyone sings "Happy Birthday" as Pablo blows out the candles.

La mamá de Pablo corta el pastel y lo comparte con todos. El pastel es dulce y delicioso. Todos disfrutan de cada bocado.

Pablo's mom cuts the cake and shares it with everyone. The cake is sweet and delicious. Everyone enjoys every bite.

Después de comer el pastel, Pablo abre los regalos de su familia y de sus amigos. Su

mamá le da una bufanda cálida y su papá le regala un libro de aventuras.
After eating the cake, Pablo opens presents from his family and friends. His mom gives him a warm scarf and his dad gives him an adventure book.

Sus abuelos le dan una camiseta nueva, sus tíos le regalan un pantalón y Miguel le da un juego de video que quería mucho. Flora, la hermana de Miguel, le regala un libro sobre el antiguo Egipto.
His grandparents give him a new T-shirt, his aunt and uncle give him a pair of pants and Miguel gives him a video game he loved very much. Flora, Miguel's sister, gives him a book about ancient Egypt.

Después de abrir los regalos, deciden jugar juegos divertidos. Juegan a las sillas musicales y a las adivinanzas. Ríen mucho y se divierten juntos.
After opening the gifts, they decide to play fun games. They play musical chairs and riddles. They laugh a lot and have fun together.

Pablo se enamora

Pablo falls in love

Durante la fiesta, Pablo nota que Flora está especialmente radiante y simpática. Su risa es contagiosa y sus ojos brillan cuando interactúa con los demás.

During the party, Pablo notices that Flora is especially radiant and friendly. Her laughter is contagious and her eyes sparkle when she interacts with others.

A medida que pasan las horas, Pablo se da cuenta de que le gusta mucho la compañía de Flora y disfruta de cada conversación que tienen juntos.

As the hours pass, Pablo realizes that he really likes Flora's company and enjoys every conversation they have together.

Pablo comienza a sentir mariposas en el estómago cada vez que la ve. Pero ya es de noche y la fiesta llega a su fin. Los invitados se despiden y le dan abrazos a Pablo. Está cansado pero feliz.

Pablo begins to feel butterflies in his stomach every time he sees her. But it is already dark and the party is coming to an end. The guests say goodbye and give Pablo hugs. He is tired but happy.

Después de que todos los invitados se despiden y la casa vuelve a la tranquilidad, Pablo se sienta en su habitación y reflexiona sobre sus sentimientos hacia Flora. Decide escribir en su diario para expresar sus pensamientos:

After all the guests say goodbye and the house returns to quiet, Pablo sits in his room and reflects on his feelings for Flora. He decides to write in his journal to express his thoughts:

Querido diario,
Hoy cumplo diecisiete años. Mi mente está llena de pensamientos y mi corazón late más rápido. Creo que me gusta Flora, la hermana de Miguel. Me gusta mucho.

Dear Diary,
Today is my seventeenth birthday. My mind is full of thoughts and my heart is beating faster. I think I like Flora, Miguel's sister. I like her a lot.

Cada vez que estamos juntos, siento una conexión única y una felicidad que es difícil de describir con palabras. Flora es hermosa, inteligente y encantadora. Su sonrisa ilumina cualquier habitación y su forma de ser me cautiva.

Every time we are together, I feel a unique connection and a happiness that is hard to describe in words. Flora is beautiful, intelligent and charming. Her smile lights up any room and her way of being captivates me.

No puedo evitar pensar en ella y en cómo sería pasar más tiempo juntos, conociéndonos mejor y compartiendo momentos especiales. Me gustaría descubrir si ella siente lo mismo por mí.
Hasta mañana, querido diario.

I can't help but think about her and what it would be like to spend more time together, getting to know each other better and sharing special moments. I'd like to find out if she feels the same way about me.
See you tomorrow, dear diary.

Pablo guarda su diario y se recuesta en su cama, con una sonrisa en el rostro y la esperanza en el corazón.

Pablo puts away his diary and lies down on his bed, with a smile on his face and hope in his heart.

Una carta de amor *A love letter*

¿Te gusta alguien? Escribe una carta de amor para esta persona especial. Si no te gusta nadie en este momento, imagina que le escribes a una persona imaginaria que te gusta. *Do you like someone? Write a love letter to this special person. If you don't like anyone at the moment, imagine writing to an imaginary person you like.*

Pablo habla con Flora

Pablo talks to Flora

El día siguiente, Pablo va a dar un paseo al parque con Lucas el perro. De repente, Pablo se da cuenta de que Flora está sentada en un banco del parque leyendo. Pablo decide aprovechar la oportunidad para hablar con Flora.

The next day, Pablo goes for a walk in the park with Lucas the dog. Suddenly, Pablo notices Flora sitting on a park bench reading. Pablo decides to take the opportunity to talk to Flora.

Mientras camina hacia ella, su corazón late con fuerza. No sabe cómo expresarle sus sentimientos, pero sabe que debe intentarlo. Pablo se acerca lentamente, sintiendo un nudo en la garganta. Sin embargo, decide armarse de valor y se sienta junto a ella.

As he walks towards her, his heart is pounding. He doesn't know how to express his feelings to her, but he knows he must try. Pablo approaches her slowly, feeling a lump in his throat. However, he decides to gather his courage and sits down next to her.

"Hola, Flora", saluda Pablo con una sonrisa nerviosa.
Flora levanta la mirada del libro y le devuelve la sonrisa. "Hola, Pablo. ¿Cómo estás?"
"Hello, Flora," Pablo greets with a nervous smile. Flora looks up from the book and smiles back. "Hi, Pablo, how are you?"

Pablo se acomoda en su asiento, buscando las palabras adecuadas. "Bien, gracias. Quería decirte algo... algo muy importante".
Flora frunce el ceño ligeramente, intrigada. "¿Qué sucede, Pablo? Pareces un poco nervioso".
Pablo settles back in his seat, searching for the right words. "Well, thank you. I wanted to tell you something... something very important."
Flora frowns slightly, intrigued. "What is it, Pablo? You seem a little nervous."

Pablo respira hondo y decide ser directo. "Mira, Flora, durante la fiesta de ayer me di

cuenta de algo. Disfruto mucho de tu compañía y siento algo más por ti".

Pablo takes a deep breath and decides to be direct. "Look, Flora, during the party yesterday I realized something. I really enjoy your company and I feel something more for you."

Los ojos de Flora se abren un poco, sorprendidos. "Oh, ¿de verdad? ¿Y qué sientes exactamente?"

Flora's eyes widen slightly in surprise. "Oh, really, and what exactly do you feel?"

Pablo toma un momento para aclarar sus pensamientos. "Siento que hay una conexión especial entre nosotros. Me gusta pasar tiempo contigo, quiero conocerte mejor y compartir momentos especiales. Me pregunto si tal vez tú también sientes algo similar".

Pablo takes a moment to clarify his thoughts. "I feel there is a special connection between us. I like spending time with you, I want to get to know you better and share special moments. I wonder if maybe you feel something similar too."

Flora sonríe dulcemente y coloca una mano sobre la de Pablo. "Pablo, debo confesarte algo. Yo también disfruto mucho de tu compañía. Me gusta cómo eres y la forma en que me haces reír. Sin embargo, tengo que ser honesta contigo. Ya tengo novio".
Flora smiles sweetly and places a hand on Pablo's hand. "Pablo, I have a confession to make. I really enjoy your company too. I like the way you are and the way you make me laugh. However, I have to be honest with you. I already have a boyfriend."

La sonrisa de Pablo se desvanece ligeramente, pero aprecia la honestidad de Flora. "Lo entiendo, Flora. Gracias por ser sincera conmigo".
Pablo's smile fades slightly, but he appreciates Flora's honesty. "I understand, Flora. Thank you for being honest with me."

Flora aprieta suavemente la mano de Pablo. "Pablo, me gustaría continuar siendo amigos. Eres una persona maravillosa y valoro mucho nuestra amistad".
Flora gently squeezes Pablo's hand. "Pablo, I would like to continue to be friends. You are a

wonderful person and I value our friendship very much."

Pablo asiente, una mezcla de decepción y aceptación en sus ojos. "Claro, Flora. También valoro nuestra amistad. Me gustaría seguir siendo tu amigo".
Pablo nods, a mixture of disappointment and acceptance in his eyes. "Of course, Flora. I also value our friendship. I'd like to remain your friend."

La amistad *Friendship*
¿Cuáles son las cualidades más importantes en un amigo? Escribe un ejemplo para cada cualidad. *What are the most important qualities in a friend? Write an example for each quality.*

____

____

____

____

____

____

____

____

Pablo habla con Miguel

Pablo talks to Miguel

Luego de la conversación con Flora, Pablo decide hablar con Miguel, para obtener más información sobre el novio de ella. Durante la clase de química, Pablo se acerca a Miguel y le dice:

After the conversation with Flora, Pablo decides to talk to Miguel, to get more information about her boyfriend. During chemistry class, Pablo approaches Miguel and tells him:

"Parece que Flora tiene novio. ¿Me podrías contar un poco más sobre él? Me gustaría conocer más detalles".

"It looks like Flora has a boyfriend, could you tell me a little more about him? I'd like to know more details."

Miguel responde con una sonrisa amigable. "¡Claro, Pablo! Su novio se llama Carlos. Es un chico que conoce de la universidad. Estudian juntos y son compañeros de clase".

Miguel responds with a friendly smile. "Sure, Pablo! Her boyfriend's name is Carlos. He's a guy she knows from college. They study together and are classmates."

Pablo escucha atentamente, asimilando la información. "Entiendo. ¿Hace cuánto tiempo están juntos?"
Pablo listens attentively, assimilating the information. "I understand. How long have you been together?"

Miguel reflexiona por un momento. "Creo que llevan saliendo alrededor de seis meses. Se conocieron en un grupo de estudio y desde entonces han sido amigos y luego novios. ¿Y por qué tanto interés en el novio de Flora?"
“Por nada, sólo curiosidad” responde Pablo.
Miguel reflects for a moment. "I think they've been dating for about six months. They met in a study group and have been friends and then boyfriend and girlfriend ever since. So why so much interest in Flora's boyfriend?"
"No reason, just curious," Pablo replies.

A Miguel, todas estas preguntas le parecen un poco extrañas, pero el profesor de química comienza a hablar, así que Miguel se concentra en la clase.
To Miguel, all these questions seem a little strange, but the chemistry teacher starts talking, so Miguel concentrates on the class.

Pablo presta atención a la clase de química, aunque su mente sigue pensando en Flora y su relación con Carlos. La información que Miguel le ha dado le hace sentir un poco desanimado, pero también comprende que la amistad con Flora es importante para él.
Pablo pays attention to the chemistry class, although his mind is still thinking about Flora and her relationship with Carlos. The information Miguel has given him makes him feel a little discouraged, but he also understands that his friendship with Flora is important to him.

Después de la clase, Pablo y Miguel se encuentran en el pasillo y deciden ir a tomar un café juntos. Mientras se sientan en una mesa, Pablo decide abrirse un poco más con su amigo.

After class, Pablo and Miguel meet in the hallway and decide to have coffee together. As they sit at a table, Pablo decides to open up a little more with his friend.

"Miguel, gracias por contarme sobre Carlos. La verdad el motivo de mis preguntas es que me gustaría ser más que amigos con Flora. Pero ahora que sé que tiene novio, sé que debo respetar su relación y nuestra amistad".
"Miguel, thank you for telling me about Carlos. The truth is the reason for my questions is that I would like to be more than friends with Flora. But now that I know she has a boyfriend, I know I have to respect their relationship and our friendship."

"Entiendo cómo te sientes, Pablo. A veces, el corazón nos lleva por caminos complicados. Pero es importante respetar las decisiones de los demás".
Pablo suspira y juega con su taza de café. "Sí, tienes razón".
"I understand how you feel, Pablo. Sometimes, the heart leads us down complicated paths. But it's important to respect the decisions of others."

Pablo sighs and plays with his coffee cup. "Yes, you're right."

Miguel le da una palmada reconfortante en el hombro. "Esa es la actitud, amigo. El tiempo te ayudará a sanar esos sentimientos y, quién sabe, tal vez el destino tiene otras sorpresas preparadas para ti".

Miguel gives him a comforting pat on the shoulder. "That's the attitude, amigo. Time will help you heal those feelings and, who knows, maybe fate has other surprises in store for you."

Dar consejos *Giving advice*

Imagina que Pablo es tu amigo y te cuenta de su desilusión amorosa ¿Qué consejos le darías tú a Pablo? *Imagine that Pablo is your friend and he tells you about his disappointment in love. What advice would you give Pablo?*

____

____

____

____

____

____

Un nuevo comienzo

A new beginning

Un día, el padre de Pablo está muy serio y le dice a Pablo que debe contarle algo importante.

One day, Pablo's father is very serious and tells Pablo that he must tell him something important.

Se sientan a la mesa con un café y su papá le dice que dentro de una semana deben mudarse a otra ciudad porque tiene un nuevo trabajo allí.

They sit at the table over coffee and her dad tells her that in a week's time they have to move to another city because he has a new job there.

Pablo se siente un poco triste porque esto significa alejarse de Miguel, Flora y sus amigos. El fin de semana Pablo va a la casa de Miguel para despedirse, allí se despide de su amigo y de Flora.

Pablo feels a little sad because this means moving away from Miguel, Flora and his friends. On the weekend, Pablo goes to Miguel's house to say goodbye to his friend and Flora.

Pablo y su familia empiezan a empacar sus pertenencias en cajas. Guardan sus libros, juguetes y ropa en cajas grandes. Cuando terminan de empacar, suben todo al camión de mudanzas. Pablo se despide de su antigua casa y se siente nostálgico.

Pablo and his family begin packing their belongings into boxes. They put their books, toys and clothes in big boxes. When they finish packing, they load everything into the moving truck. Pablo says goodbye to his old house and feels nostalgic.

En el viaje a la nueva ciudad, Pablo se sienta en el asiento trasero del automóvil, mirando por la ventana. Ve cómo los edificios y los paisajes cambian a medida que se alejan de su ciudad anterior.

On the trip to the new city, Pablo sits in the back seat of the car, looking out the window. He sees how the buildings and landscapes change as they move away from his previous city.

Finalmente, llegan a su nuevo hogar. Es una casa bonita con un jardín espacioso. Pablo se siente un poco mejor al ver el lugar donde vivirán.
Finally, they arrive at their new home. It is a nice house with a spacious garden. Pablo feels a little better when he sees the place where they will live.

Desempacan las cajas y colocan cada cosa en su lugar. Pablo ve cómo su habitación toma forma y empieza a sentirse más cómodo.
They unpack the boxes and put everything in its place. Pablo sees his room taking shape and begins to feel more comfortable.

Al día siguiente, el padre de Pablo lo lleva a la nueva escuela. Pablo se siente nervioso por conocer a nuevos compañeros de clase. Cuando llega a la escuela, el maestro lo presenta a sus compañeros.
The next day, Pablo's father takes him to the new school. Pablo is nervous about meeting new classmates. When he arrives at school, the teacher introduces him to his classmates.

Al principio, se siente tímido, pero los demás estudiantes son amables y le dan la bienvenida. A lo largo del día, Pablo se da cuenta de que hay muchos estudiantes interesantes en su nueva escuela.

At first, he feels shy, but the other students are friendly and welcoming. Throughout the day, Pablo realizes that there are many interesting students at his new school.

Comienza a hacer amigos y se siente menos triste por dejar a sus antiguos amigos. Después de la escuela, Pablo y su padre exploran la ciudad juntos.

He begins to make friends and feels less sad about leaving his old friends. After school, Pablo and his father explore the city together.

Descubren un parque cercano y se divierten jugando en los columpios. A medida que pasan los días, Pablo se adapta a su nueva vida en la nueva ciudad.

They discover a nearby park and have fun playing on the swings. As the days go by, Pablo adapts to his new life in the new city.

Un hermoso encuentro

A beautiful encounter

Un día, mientras pasea por el parque cerca de su casa, Pablo se encuentra con una chica de su edad que está sentada en un banco, dibujando en un cuaderno. Pablo se acerca tímidamente y le sonríe.

One day, while walking in the park near his house, Pablo comes across a girl his age sitting on a bench, drawing in a notebook. Pablo shyly approaches her and smiles.

"Hola, ¿qué estás dibujando?" pregunta Pablo curiosamente.
La chica levanta la vista y devuelve la sonrisa. "¡Hola! Estoy dibujando el paisaje del parque, me encanta capturar momentos en mis dibujos. Soy Ana, ¿y tú?"

"Hi, what are you drawing?" asks Pablo curiously. The girl looks up and smiles back. "Hi! I'm drawing the landscape of the park, I love to capture moments in my drawings. I'm Ana, and you?"

"Soy Pablo. Es un gusto conocerte, Ana", responde Pablo, sintiéndose emocionado por la posibilidad de hacer una nueva amistad.
"I'm Pablo. It's nice to meet you, Ana," Pablo replies, feeling excited about the possibility of making a new friendship.

Ana le muestra su cuaderno y los dibujos que ha hecho. Pablo queda impresionado por su talento artístico. A medida que conversan, descubren que tienen muchas cosas en común, como su pasión por los libros y la historia.
Ana shows him her notebook and the drawings she has made. Pablo is impressed by her artistic talent. As they talk, they discover that they have many things in common, such as their passion for books and history.

Pablo invita a Ana a caminar por el parque juntos y continúan conversando animadamente. Se dan cuenta de que tienen una conexión especial y se sienten cómodos el uno con el otro.
Pablo invites Ana to walk in the park together and they continue to talk animatedly. They realize

they have a special connection and feel comfortable with each other.

Con el tiempo, Pablo y Ana se vuelven inseparables. Pasan mucho tiempo juntos, explorando la ciudad, compartiendo risas y descubriendo nuevos lugares.

Over time, Pablo and Ana become inseparable. They spend a lot of time together, exploring the city, sharing laughs and discovering new places.

Ana le muestra a Pablo su cafetería favorita, donde pasan tardes charlando y disfrutando de deliciosos postres.

Ana shows Pablo her favorite coffee shop, where they spend afternoons chatting and enjoying delicious desserts.

A medida que su amistad se fortalece, Pablo comienza a darse cuenta de que sus sentimientos hacia Ana van más allá de una simple amistad. Siente mariposas en el estómago cada vez que la ve.

As their friendship grows stronger, Pablo begins to realize that his feelings for Ana go beyond simple friendship. He feels butterflies in his stomach every time he sees her.

Un día, reuniendo todo su valor, Pablo decide expresar sus sentimientos a Ana. La lleva de regreso al parque donde se conocieron y, con el corazón acelerado, le confiesa lo que siente.

One day, summoning all his courage, Pablo decides to express his feelings to Ana. He takes her back to the park where they met and, with his heart racing, confesses his feelings to her.

"Ana, desde el momento de conocerte, mi vida es maravillosa. Eres una persona increíble y me haces sentir feliz. No puedo evitar enamorarme de ti. ¿Te gustaría ser algo más que amigos?"

"Ana, from the moment I met you, my life is wonderful. You are an amazing person and you make me feel happy. I can't help but fall in love with you, would you like to be more than just friends?"

Ana se queda en silencio por un momento, procesando las palabras de Pablo. Luego, una sonrisa sincera se forma en su rostro.
Ana is silent for a moment, processing Pablo's words. Then, a sincere smile forms on her face.

"Pablo, eres muy especial para mí. También siento algo más que amistad. Me encantaría ser algo más que amigos, si tú también lo deseas".
"Pablo, you are very special to me. I also feel something more than friendship. I would love to be more than friends, if you would like that too."

El corazón de Pablo se llena de alegría y emoción al escuchar las palabras de Ana. Se abrazan y comparten un dulce beso en el parque, marcando el comienzo de una hermosa relación.
Pablo's heart fills with joy and emotion when he hears Ana's words. They embrace and share a sweet kiss in the park, marking the beginning of a beautiful relationship.

A partir de ese día, Pablo y Ana exploran la vida juntos, apoyándose mutuamente en sus

sueños y metas. Comparten risas, aventuras y momentos inolvidables. La nueva ciudad se convierte en el escenario de su historia de amor.

From that day on, Pablo and Ana explore life together, supporting each other in their dreams and goals. They share laughs, adventures and unforgettable moments. The new city becomes the stage of their love story.

Pablo aprende que los nuevos comienzos pueden traer oportunidades maravillosas y que, a veces, el destino nos sorprende con personas especiales en los momentos más inesperados.

Pablo learns that new beginnings can bring wonderful opportunities and that sometimes fate surprises us with special people at the most unexpected times.

Con Ana a su lado, Pablo encuentra la felicidad y la alegría.

With Ana by his side, Pablo finds happiness and joy.

Un capítulo final *A final chapter*

Inventa un final para esta historia, ¿Pablo y Ana continúan juntos y felices? ¿Qué pasa con sus vidas? Escribe el capítulo final. *Make up an ending for this story, do Pablo and Ana stay together and happy? What happens to their lives? Write the final chapter.*

Printed in Great Britain
by Amazon